KB269147

상강 이후

상강 이후

초판 1쇄 2012년 10월 22일
지은이 이춘우
펴낸이 김영재
펴낸곳 책만드는집

주소 서울 마포구 합정동 428-49번지 4층 (121-887)
전화 3142-1585·6
팩스 336-8908
전자우편 chaekjip@naver.com
출판등록 1994년 1월 13일 제10-927호
ⓒ 이춘우, 2012

* 이 책의 전부 또는 일부 내용을 재사용하려면 사전에 저작권자와
  책만드는집의 동의를 받아야 합니다.
* 잘못 만들어진 책은 구입하신 서점에서 교환해드립니다.

ISBN 978-89-7944-413-1 (04810)
ISBN 978-89-7944-354-7 (세트)

이춘우 시집

책 만 드 는 집
시인선 028

상강 霜降
이후

책만드는집

내가 알고 있는 시란, 푸른 마음을 하나로 뭉쳐 전달하는 정감으로 너와 나를 연결하는 교감 수단의 하나다. 나아가 다른 차원으로 말해본다면, 십일의 법도*이니, 즉 언어의 십일 법도가 시다.** 이는 인간인 여성이 지닌 십수***가 이를 잘 증명하여 십일의 법도로 아들딸을 생산하고, 또 사물에서 대나무의 등, 산고개의 치峙라는 한자들이 잘 말해주고 있다.

이런 의미에서 시란, 말로써 사물들의 또 하나의 다른 세계를 창조해내는 작업이니, 새로운 창조가 결코 쉬운 일은 아니어서 늘 서툴고 항상 부족하다.

나는 평소에 비우고 고요함의 허정虛靜을 좋아하여 이를 탐구하며, 거기에 머물고자 하였으니, 그 까닭은 자연의 동식물을 막론하고 모든 생명체와 그의 작위作爲들의 귀결점이 허정이기 때문이다. 우리의 일상생활 속에서 부정사로 비교적 잘 쓰는 말 중에, '말짱헛것末場虛劫'이란 말이 허정의 다른 이름이라고 나는 항상 생각하며 오늘도 이 속에서 살아가고 있다. 허정 이전의 순간순간들을 상기의 십일도 시의 법도를 생각하며 음미한 것들을 묶고 보니 그중 많은 시련들이 동율동색同律同色의 폐단이 됐음을 자인한다. 혹 또 다른 기회가 내게 있다면 세상 사람들 편에 내 가생假生을 의지해 그 생을 새롭게 노래해보고 싶기도 하다.

　발문을 써주신 이상용 사백님께 감사를 드리며 또 이 시집 출간에 여러모로 돕고 주선해준 상문 군에게 깊은 고마움을 표하며.

—2012년 가을
이춘우

* 십일의 법도法度 한자 上, 中, 下의 합 寺.
** 한자 言 十(上) 一(中) 寸(下).
*** 여성의 수는 10규竅, 남성의 수는 9규.

| 차례 |

2부

3부

1부

동해별곡

1
잠 못 들어
뒤척이는 밤바다
어쩔 수 없는 사연
밀려가고 밀려오고
한숨의 바람이 분다

희야!
그동안 내가
내 나이를 잊었구나
너에게 간직한
나만 아는 비밀
이제
너를 떠나보내야만 하는
이 밤
철……썩 철……썩
한恨의 가슴

무너지는구나

이지러진 얼굴로
떠오르는 달
부러진 계수나무에 기대어
흘러간
옛 곡을 듣노니
옥피리 가락에
잠긴 사모
마른 눈물로 흐느끼누나
희야!
희야!

2
헤매는 눈발
영랑 호반에
노송은

아직도 푸르러서 외롭구나

호면에 나려온 찢긴 설악이
잔정情에 휘감겨 일렁이고
먼 수평선
하늘 끝까지
출렁이는 그리움
어느 곳에서도
거둘 곳 없어라

젊음들 떠나버린 저켠
화진포에
누운 모래알로나
이 그리움 세어볼까

3
문 잠근 천지의

안 뜨락에
남몰래
눈이 나린다
눈이 나린다

접힌 가슴 가라앉은
산자락에는
시름에 도사려
눈이 쌓이고
한겨울 매운바람
휘몰아치는데

내 작은 새는 지금
어느 섬에서
나래 접고 있을까

산 첩첩 고개 넘어

네가 몰라
아득해서랴
하룻밤 사이가
한 세월 같구나

사인암 舍人岩*

사인 벼슬 역동易東**의 유래라기보다
여기 쉼 없이 흐르는 맑은 물에
끝없이 이어지는 사욕을 던져
봄 들면 새와 함께 꽃을 보며
여름에는 천둥소리 꾸지람인 양 듣고
가을바람 실솔蟋蟀과 함께 가시며
엄동엔 낙락장송 우러러보고
덧없는 세월 말없이 따라가
나를 버리고 남을 좇는
사기종인舍己從人***의 사인이고 싶다

* 단양팔경의 하나.
** 사인 벼슬 우탁禹倬의 호.
*** 고서古書에 있는 말.

봄은 가고

마주 바라보는 울가 한 귀퉁이
작은 앵두나무에
그녀의 수줍음인 듯
앵두가 익어가던 날
낮때의 푸른 연기
그리움으로 피어오르고

행여 바라보는
우물길 밭둑에서
살긋이 안겨드는 초향草香

기다려도 기다려도
산그늘만 내려
찬 이슬 젖어든
황혼의 빈 터

봄은 가고

앵두나무 빈 가지에
파랑새 한 마리 날아와
엷어진 하늘빛
쪼고 간다

송별

빈 들판 거슬러
님같이 열차는 가고

마을 안 울섶에
아련한 추억의 세월은 나란히
연붉은 마음 피는 산당화

영 넘어 메아리 진 기적의 여운에
푸른 잎새 일렁이네 흔들리네

삶이란 떠나가는 것
세월도 떠나가는 것
하나같이 모두가
떠나는 것뿐인 세상인데

떨쳐도 떨쳐도
보낼 수 없는 이 마음

어디에 남으려 하나
어디에 머물려 하나

낙화암

계림성이 높아
부소산이 낮았는가
백화정百花亭에 봄꽃이 지고
낙화落花 삼천三千의 눈물
백마강이 흐른다

고운 봄 청사靑史에 묻어
오늘의 길손이
백제를 그린다

가파른 절벽에
외로운 넋
고란이여
천 년
신라 뒤에
아직도
푸르른가

지구 안

지구 130만 배의 태양도 하루의 끝 노을 속에 한 가지 소
나무에 걸려 붉은 우수를 삭이는 왜소함인데 좁쌀 알갱이
속의 지구 안 겨자씨보다 더 작을 지폐의 영토에서 총칼을
겨누는 한 생애라니

동천 洞天

산울타리
이 동천洞天에
해가 하나
달이 하나

낮에는
뻐꾹새 두어 마리
밤에는
소쩍새 한 마리
내 방에는
향합이 하나
등잔이 하나
쌀 한 자루
소금 한 사발
그리고
내가 하나

어지러운 세상의
찢긴 마음을
한 줄기 향연 앞에
하나로 묶는다

산촌의 평일

여린 바람이
떠나는 봄을 따라가는
발자국 소리

푸른 그늘 푸른 잎에
앉은 청개구리가
모처럼 명상에 들었는데

먼 마을 저쪽
아스라이 들리는 개 짖는 소리
그곳엔 어느 반가운 손님이라도
찾아든 모양이다

나는 다관에 물을 올려
새봄에 마련한
차를 우린다

이름

산山은 살아온 삶의 산生 이름이요
물은 물어물어 흘러온 물 이름이라
사람을 살아보람 사람인가 본데
실낱같은 목숨 키워 만월이 되듯
목의 숨 이어가란 목숨이지만
이 마음 마의 그늘 마음魔陰이리라
마의 짓 아니고야 하느님 갈라놓은
놀부 심술 박 덩어리 세상이겠는가

물 곁에 산은 서고 산 적셔 물 흐르듯
사람 곁에 사람이 살아간다
꽃 시절엔 향도 있고
낙엽의 계절엔 과일 같은 선물도 있다고
살아보람 사람이란다

국도

현충사 방화산에는
조선의 소나무와 조선의 하늘이 있다

그 하늘 은혜로운 땅
4백 년 세월 뒤에도
신라 백제는 되살아나
동, 서로 줄을 서고
남북의 하늘 저 멀리
기러기들 날지 못해
임진강 가에 나래를 접었는데
오직 충무의 님 홀로
조선 땅 한복판 국도에 서 계시네

임진년 옛 시절
물든 옷 입은 사람들
오늘의 서울에서도 다름없지만
오직 충무의 님 홀로

흰옷 입으시고 칼자루 뉘이시고
국도로 가신 님

그 칼자루에
잠 못 이룬 새벽달은
오늘도 비추리

* 水國秋光暮 驚寒雁 陣高(수국추광모 경한안 진고)
　憂心展轉夜 殘月照 弓刀(우심전전야 잔월조 궁도)—충무공 시.

원방각 삼물圓方角 三物

1. 낙과

하늘의 계단에서 미소를 열어

원만을 이룩한 성취

성실한 자애로 단맛을 품어

사랑의 은혜로

지상을 구른다

2. 반석

낮은 땅 위에 자리를 잡아

안개는 가리건 말건

홍수는 할퀴건 말건

산 밑 받쳐 든 충성

어느 밤엔 달빛을 안으며

어느 날엔 별 꿈을 읽으며

요지부동의 믿음

3. 가시뿔

홀로 서지 못한 기생寄生
하늘을 치받는 분노
그늘 속에 자객으로 숨어
피를 봐야만 하는 임무

청개구리도 앉지 않고
뱀마저도 피해 가는 저주
가시뿔의 양지는 어디인가

평화 속의 불안

청산
만만 년
말 없는 평화로움인데
산에 사는
작은 새가 울고 간다

솜털 같은 부드러운 바람이
꽃―구름 두세 송이 하늘가에
피워 올려
나뭇잎에 풀어놓는데
놀란 토끼가
숲 속으로 달아난다

늙은 회나무의
넉넉한 너그러움 곁에
조약돌 오랜 세월의
그리움과 설움이

실개천 눈물 되어
흐른다

거북

거북을 들여다보면 온 세상이 여기 있다 귀두의 시작은
제법 큰일을 벌일 듯한 뭉툭함과 신비의 촉수였으며 그러
나 무슨 씨앗같이 단순했고 꼬리의 종말도 극히 왜소한 침
끝의 허무였다 그런데 중간의 짐판은 왜 이리 복잡한가 가
로 세로 외로 바로 얽히고설킨 방황과 혼잡 사위 밖으로 뻗
어보려는……
　　손짓 발짓 망망대해 어느 곳이 쉴 자리인가 무한대의 도
전이 무모해 다시 안으로의 도사림 그러나 오장육부 구불
구불한 미로 길은 어둡고 쉴 곳도 없어 우연의 자리에서 묵
묵한 천년
　　다시 시작의 자리에 눈을 뜬다

백로 白露

하늘이 고와
땅이 고와
고요한 밤에
이슬이 맺는다

지나온 회한을
한밤으로 삭이고
옥의 티도 없는

투명한 세계
소유의 그림자마저도
드리울 곳 없어
이제
찬란한 빛과 삶을 섞고자
느긋이
아침을 기다린다

작은 길

산
산

물
물

맑은 바람 따라
구름이 가고
새 노래 들으며
산은 쉬고
물은 흐른다

잡풀 사이로
트인 작은 길
연한 햇빛이
쓸쓸히 쌓이고

자투리땅
돌자갈밭에
콩, 팥이 몸을 세워
알곡의 가을을
노을에 익히며

"하는 이는 폐지하고 잡은 이는 놓으리라"
노자의 말씀을
다람쥐가
되새긴다

흙의 명예

백합은 산에서 피고
연꽃은 연못에 핀다
왜 그럴까?

지옥에 갇힌 벌레(지렁이)의*
긴 원한 사무쳐
하늘 계단 가까이 오르려던 꿈
산기슭에 향으로 풀고

일곱 구무 칠정七情의 뿌리 땅에 묻어
어느 곳엔들 젖지 않는 마음
진흙의 명예를 위해
연못에 피었거니

백합은
하늘로 가고
연꽃은

이 세상 끝까지
진흙 곁에 삶 곧은 뜻이었으리

* 갈치천葛稚川은 『포박자』란 저서에서 지렁이가 죽어 백합이 된다 하였음.

개미의 신발

길은
은하의 저편보다 더 멀고
신발은 지구보다 더 크다
내가 왜소함으로
신발 속에서 팔방으로 허우적인다

대도大道는 큰 신발로 걸어야 하므로
맞는 신발로 출발하여
중도에 갈아 신을 수 없고
내가 큰 신발에 맞게
성장해야 한다
티끌 없는 이슬이 내 피가 되고
공해 없는 과일이 나를 키운다

양자量子 단위 만큼의 비순수도 허락지 않는
순금 포장의 큰길이기에
늘 수렁으로 빠져드는 곁길을 피해

가뭄 이슬비로 낙진落塵을 씻어
개미만큼 전진한다

상강霜降 이후

서리 뒤 국화꽃은 근엄하여
나비 아니 오고
봄 난蘭 청초하여
벌이 피해 가네

네 생애의 운명을 알려거든
바람 부는 날의 낙엽을 보라
네 돌아갈 곳 모르거든
낙엽이 지는 곳을 보라
그 선한 죽음은 제 자리를 물려주는
큰 덕이 아닐는지

단신單身

허수아비는
허수虛數의 아버지
영零(0)의 본신
그는 무소유의 Zero

그러나 허상 속에
사랑을 간직해
비바람 무릅쓰고
무단無端의 도적을 막아

한 살 한 생의 보람으로
인류에게
일용의 알곡을 넘겨주고
따뜻한 새봄의 어느 날
지향 없이 떠나는 단신單身

길이

한 호흡 한 호흡의 길이로
산길 물길
이승을 걷는다

풀잎에 오는 바람보다 짧은
한 숨이 믿기지 않아
어느 왕자는
설산으로 신발을 끌고
구유집 목수 아들은
감람산에서 하늘을 찢었지

먼 후 세월 내내 많은 사람들
금빛 송아지를 목장에 몰고
꽃, 술의 독주에 비실거리고
하여 역사는
돈황의 석굴에 꿈을 새기고
감람산의 절규

골목골목 종 끝에 매달려
하느작거려도
한 호흡 한 호흡의 길이는
여전히 2천 년 전, 3천 년 전

한 호흡의 길이는 오늘도
출근길에서 잠자리에서
가고 오기 바쁘다
이러다가 어느 날
나를 떠난 반半 호흡이
내게로 돌아오지 않은 날
나는 반半 호흡을 주우러
저승으로 떠나겠지

가을 앞에서

가을이면 생각나는 사람
한사코 다가왔기에 버리고 싶던
가장 아름다운 만남으로
가장 슬픈 작별의 사람

낯선 땅 작은 마을
뉘 집 창가 시린 사연 엿보다가
저 하늘 하늘 밖으로 날아가 버린
내 안의 하얀 비둘기야!

불꽃처럼 타오르던 푸르름의
내 산천 그윽한 꽃 내음
그 숲 속 호숫가에 묻어둔 채
이 가을 설렘으로 빈 뜰에 섰는가

방황의 날들이여
고뇌하며 절망하며 행복했던

아득한 낯설음의 사랑
그 눈물이여

밤의 가도

세상은 별이 숨듯 잠이 들고
황금등 줄지어선 밤의 가도 멀리
고요히 별 하나 내려선다

무엇이 그리도 바람이었기에
어제는 그토록 소란했는가
세상은 끝없이 목말라 하며
강물같이 바다같이 출렁이는데
누구 있어 물을 부으리

먼 날로 이어지는 새날은 오고
산에서 들에서 종이 울지만
이정표 아래에는 등불 없이
짙은 골안개가 덮고 있다

2부

길

겁劫으로 얽히고 감긴
실타래를
한끝에 생각을 매어
곧게 곧게 저 멀리
지평선 넘어 지구 밖으로
끌고 간다

때때로
먼지 묻은 안개 가려
멈춘 듯 가는 듯
밤하늘에 별 가듯이
끌고 간다

이따금
아련히 남은
지난봄 초록이
길가에 아른대고

어디선가
바람에 실린 신곡이
금선琴線으로 울려온다

구부러진 한 올의 버릇은
늘 도사리고
아득한 날 묻은 검정 눈
오래도록 바랠 줄 몰라
해 맑은 날 하늘가에
늘 어둡기만 하다

산수山水의 노래

바람은 없어도
꽃은 지네
바람은 자도
파도는 치네

꽃처럼 지는 게
이별이라지
파도처럼 치는 게
세상이라지

산은 서고자
물은 가고자

산같이 서고픈
생애
하지만
물 따라 흘러야 할

유랑
물아
서보렴
호수같이

빙점

매서운 겨울에
엉긴 빙점
봄비 스치니
강물도 풀려
모두 속마음 드러낸다

울을 막아 먼저 피는
황금 개나리
청산의 초경
붉은 진달래
뜨락의 부인
우아한 목련
서방님 우러르는
작은 민들레
비자금 숨기는
금낭화

향기 팔지 않는
매화는 보이지 않고
잡화들만
화사한 봄

가을

산토끼 와주지 않은
홀로 뻗는 칡넝쿨이
사랑을 앓다
금물이 들고

긴 봄
긴 여름
내내 울던 접동새의
피눈물 젖어들어
단풍이 붉다

계단

일이 번의 고난의 계단을 넘었거든
삼 사 오월의 방초만 보지 말고
일곱 여덟에 몿을 지으라

먼 미래의 사잇길에
복병이 있음을 누가 알랴

새로운 발걸음에
자의慈衣를 입고 의義의 지팡이를 짚으면
도와야 할 자가 있고 돕는 자가 있으리니

동반자

공空은
나의 집
나의 음식
자나 깨나 함께하는
나의 동반자
빛깔로는
볼 수 없는 모습
보이지 않는 실체

다만
말할 때만 나뉘는
너와 나
생각할 때만 있는
너와 나

어느 날
보주寶珠의 빛이 될

한 몸

그 빛
온 우주를 감싸다가

큰 한 소리로 쓰러질
대국大國의 자연

내 곁에

따사로움과 안온함으로
태양이 빛나고
목마름 풀어
물이 흐르며
모진 마음 누그려
미풍이 분다

산뜻한 바람으로
꽃이 피고
시절의 흥겨움으로
새가 울며
늘 푸른 항심恒心으로
청산이 섰다

밀어내는 강물이사 돌고 돌아
끝내는 바다로 합쳐지는 것
어찌 실개천 하나의 외로움이랴

부富는 세상의 공유共有 속에 있고
영화는 사랑 속에 있으며
평화는 이렇게 넓음 속에 있거니,
내가 오직 단심丹心일 때
세상은 모두 내 편

질서

왠지 모를
시린 마음 긋고
갈나무 야윈 잎
옷 벗는 소리

깨진 산 빛
휑……한 하늘
추운 길손
기러기 나그네

오호라!
크고 작은 모든
그리움 두고
따라만 가야 할
질서

이탈하려는 자는

외로우리
이탈자는
외로우리

무덤

시작이 무명無明의 어둠이더니
끝은 한결 더한 어둠이구나

중간은…… 단
몇 번이나 반짝였을까

시장하여 따 먹은 게
줄곧 선악과더니

배불러도 싸놓은 게
선악과였다

시작이
부드러운 살무덤이더니
끝도
제법 부드러운 흙무덤이구나

유성流星

켜켜이 쌓인
검은 밤을 허물어
잔별 하나 떠나간다
황량한 대지로

좁은 곳 한 지점을
늘 탈출하고픈 방랑,
벼랑의 세월 가를 비켜서고픈
오랜 꿈의 별,
그 별이 떠나간다

천심天心을 떠난
횡보橫步 선 길……

오늘을 영원한 뒤로 두고
그저 떠나가는 거다

운주사 運舟寺

운주사라니!

구름이여 떠나다오
여기는 그대 쉴 곳 아닌
운주사란다

화순의 정토
슬픈 내 나라
미풍에 돛을 올려
내 배를 내가 저어 가야 할 바다
절망을 안고 선 대안의 사람들을
싣고 떠나야 할
운주사란 말이다

사바의 사람들아
들어오는 포구에서
정감을 잠재우고

나를 관조하는
석상을 보셨나요?

길손의 발걸음 지켜보며
다시 돌아앉아 북녘을 향해
뜨거운 가슴에 두 손을 얹는
그 대비大悲를 헤아리소서

굽이굽이 천탑을 돌아
소박한 천불 앞에 이 마음 맑아지고
산 위로 올라
칠정七情을 밟고
작은 나를 곁에 뉘어
그윽한 평화에 이르는
큰 나를 보사이다

문병

아직은 찬 바람이 살랑거리는
엷은 비단 같은 봄 안개 속
먼 그 산 크고 작은 봉우리 사이
비밀스런 옛사랑이 아슴푸레하다

임종을 손꼽는 사촌의 문병을 다녀와서
바위라도 신령 타는 영암 땅을 바라본다

여기는 구름이 머무는 운곡리雲谷里
일찍이 태평세월의 봉황이
얼굴이라도 스쳤던가
전설 같은 비단골羅州 봉황면
이 평화의 능선에
멀리 떠나려는 저 슬픔이
너무나 가파르다

그렇게 곧기만 했던 그 사람도

늘 쓰는 인사말 한마디 못 남기고
영영 그 어데로
떠나고 마는 건가

마음

한 치도 아닌 한 점도 아닌
현미경으로도 확인할 수 없는 것을 왜?
어쩌지 못하는 걸까
산을 뭉개 도도한 강물은 막아도
흐르는 마음 막을 수 없어
세상에 실려 떠내려―간다

세월의 갱도坑道에서
금사金沙를 캐내다가
날은 저물고
세상의 바다에서
나를 낚다가
밤이 든다

마음 멈추면 날도 멈추고
마음 던지면 밤도 멀다던데
한 치도 아닌 한 점도 아닌

마음이라는 것을 왜?
어찌지 못하는 걸까

연륜

꽃이 진다,
그의 잔향에
온 산은
아직도 취했는데
지는 아쉬움 그리며
묏새가 울고 가네

푸른 옷 걸친
얇은 바람이
흰 구름 흩으며
봄을 싣고 가는 사이

나무들은 가슴 깊은 곳에
동그라미 연륜을 새기고
주름진 그윽한 골짝엔
두런두런 세월을 삭이며
조약돌도 매끄러워지네

무화과

새잎 푸르른 날에
새잎보다 청순한 수천의 아가들이
목자에 이끌려
놀이동산에 모인다

무화과(선악과)는 아직 떨어지지 않은 채
낙원에 있는 듯
뱀의 자취가 없다

하늘은 그의 뜨락 파랗게 쓸어
금金 등잔 온 누리에 걸고
지상은 무지갯빛 색색의
튤립이 축祝등을 켰다

아가들은 완행열차로 평원을 돌고
청, 장년들 상승하고 추락하는 수레 위에서
아우성이다 "어지럽다", "어지럽다"

이 시간

하늘도 푸르름에 겨워
구름을 띄우는가
바람도 무료하여
풀잎에의 나, 들인가

산사의 긴 적막

끊길 듯 이어지는
풍경 소리에
아스라이
명상이 매달린다

사라져간 신라
잊힌 태고

다시 태고에 적籍을 올려
우리 모두

떠나야 할 이 시간
나는
어디엔들
편지 한 장을 띄워야 하리

나는
어디엔들
편지 한 장을 남겨야 하리

성구^{聖句}

초록 잎에 바람이 오면
세월이 오고 또 세월이 간다

이름 없는 새 청순의 가지에서
뜻 모를 울음을 울고
아쉬운 여운을 안은 봄물이
술렁이며 간다
초록 잎에 바람이 오면
부드러운 나뭇가지가
지선至善의 성구聖句를 떨림으로 쓴다
지난 시절은 추위였다고
눈만이 가득한 밤에 별 하나 보이듯
오직 희망은 푸르름이라고

돛배

먼 수평선 너머로
저어 가는
외로운 돛배
내가 저어 가는
나의 돛배

봉래섬 가는 길이
파도인들 두려우리

이 세상 보살피는
신명神明 계시다면
차마
맑은 나를
버리리까

양안 兩岸

햇빛은
온 누리를 덮고도
사랑이란 말을
하지 않았다
대지는
우리와 모두를 껴안고도
부담이란 말을
하지 않았다
너만의 사랑은
끝이 있고, 눈물이 있고
나만의 소유는
어느 날의 버림과 소멸이 있다
그러나
보는 너 있어
깊은 산에도
꽃이 피고
거두는 나 있어
바람 앞에도

열매를 맺느니
너와 나는
꿈의 여행길을
달리게 하는
궤도
긴 강물을
흐르게 하는
양안

고운 무지개
창공에 걸어
함께 어우러지는
호수의
양안
강철 같은 운명을
무지개 뒤에
녹인다

길을 가기 위해

길을 가기 위해
인심人心을 죽이라는데
하물며 인정이랴

피는 꽃의
화심花心을 헤아려
우는 새의
눈물을 보고
푸른 숲 속의 푸른 잎 주어
한천寒天의 기러기
수심을 읽으란다

존재의 고향이
허무라지만
허무의 고향 또한
존재이어니

존재 나들이의
문틈에 눈을 대라

만복대萬福臺

만복대
그 사람을 기다리는 곳
인간의 오복을 넘어선
만복이라니
그게 어디 그리 쉽겠는가

해와 달과 별 삼광三光을
머리 위에 이고
반야봉 고리봉古里峰 세골산三洞山과
더 멀리 세 겹의 수려한 산들이 호위해
동東, 남南, 북北을 둘러 대를 이루고

나지막이 서문西門을 열어
붉은 노을빛 적시며
만萬, 만萬의 공功을 쌓아
억億의 성취를 향해 자유인自由人의 뜻으로 넘어서라는 곳.

그 사람 기다리는 적막.
해가 설핏한 만복대.

* 인人＋의意＝억億.

구룡폭포

삶의 한 세상이
한 조각 구름이라 읊었던
고인을 생각하며
운봉雲峰 땅 구룡암에 들러
동자 스님께 길을 묻고
구룡폭포를 찾는다

솔숲 황톳길 아래
백 계단 이백 계단
사백여 계단 아래
암반을 흐르는 맑은 폭포

남원 땅 춘향 묘 육모정 곁 휘돌아
못 만난 그 옛 임의 그리움인지
행여 뵐까 사무친 그리움으로
어제도 오늘도
하염없이 흐른다
끊임없이 흐른다

3부

자연

깊은 산골
외로이 말들 없어
산은 산
물은 물
나무는 나무
제 이름 제 몫을
스스로 간직할 뿐

바람아 불지 마라
네 홀로의 네 길을 가보려무나
까치야 짖지 마라
젖은 소리일랑 네 목 안에서 삭여라

그 이후일랑
세상은 아무 일 없이
그대로 그러함이리니

동립_{同立}

하늘은 별과 같이
구름은 달과 같이

산은 강과 함께
강은 산과 함께

이 강가에 배 띄우니
피안彼岸이 마주 섰네

바람은 잠과 함께
눈서리는 햇빛 함께

나는 우리 함께 계절로 간다
봄날은 가을로 가고
가을은 또 봄날로 오는……

살으라네

하늘이 땅을 안고
내 품에서 살으라네

땅이 나를 안고
내 품에서 살으라네

산천초목 맑은 뜨락
가꾸면서 살으라네

나는 새와 길짐승도
친구 되어 살으라네

해와 달이 길 밝히며
바른 길 가라 하네

바람 오면 구름 가고
구름 쉬면 바람 가네

산새는 올라오고
들 물은 내려가서
올라온 새 둥지 틀어
한 가지에 살림 살고
내려간 물 흘러 흘러
큰 바다 이루었네

글은

글은
밥 짓는 일
반찬 빚는 일

흰 종이에
물감 푸는 놀이

이정표의
화살 표시

밥 먹고
입맛 내고
길 들어서
이정표 읽었다면
해 지기 전에 어서
길을 재촉해야지

먼저 떠난 이
발자국 밟아 가노라면
천산天山의 흰 돌 속에
옥을 캐리라

맑은 기도

운암사雲岩寺 맑은 기도
산 빛 씻어
그 부드러운 말씀으로
물이 흐르고

어느 정녀貞女의 하얀 마음
바위로 굳어
굳건히 절벽으로 섰다
겹겹 세월 아지랑이 근심 같은 닳은 날의 그리움이
절벽 사이사이 단풍으로 피어
나래의 꿈 펄럭이는데
무한의 겁劫으로 이어지는
하늘의 수심水深
메아리는 돌아올 약속도 없이
수심 따라 깊어가는
맑은 기도

세한도

빈 공원 길 오후
잔설 속에 잔디는 자고
잔인한 바람 돌아 나가면
낮은 나무 잔가지들
깊고 고요한 하늘 끝에
일렁이네

무엇을 말하라는가?
따스한 시절의 새들은 둥지로 가고
천한天寒의 계절마다 벗는 숙명
벗고 나면 혼자 가는 길
그래도
늘 푸른 추억을 꺼내며
미래로 사느니

영혼의 터

지구는 육체의 터
허공은 영혼의 터

육체의 터에는
산이 있어 길이 막히고
골이 깊어 길을 가린다
굽은 길 돌아 나가니
가로놓인 먼 바다
배를 띄우려 자제를 찾는다

세월을 구겨
조각배로 다다른 피안은
또 산과 골의 육체의 터
그 자리가 그 자리

눈길 돌려 위를 쳐다본다
지구의 습기 어지러이 구름 안개 덮여 있다

맑은 바람 틈새를 여니
그곳은 빛의 세계 고요의 마을
내 그림자 따라오지 않는 영혼의 터

천왕봉

백두산 큰 줄기
힘차게 달리다가
중도中道에 멈춘 곳
그를 찾아 길을 나선다
자갈길 뒤채며
물을 건너
골짜기 돌아들면
절벽의 길 또
다른 자갈길
다른 계곡
더 험한 절벽
걷고 또 올라
구름재 넘어
천왕봉에 이른다

해와 달의 등불
일월대에 걸어두고

옥황玉皇의 옥좌玉座 비워둔 채
지혜 다른 천의 눈 천의 손
세계로 뻗쳐
자궁 속의 침묵으로
지난 역사의 인물 길러내고
오는 역사의 인물 길러내는 지혜롭고 신명스런
지리산왕智異山王 삼신산왕三神山王

세모

더는 나아갈 수 없어
산은 섰고
여기 쉴 곳 없어 강이 흐른다

뜻 없이 모인 구름
뜻 없이 스러지고

오늘도 다녀가는
일몰의 황혼
한 해 저문 날의
낙엽이 쌓인다

이 땅이 도원인 양
낙동강엔 철새가 왔다는데
천년같이 살던 사람들
하나둘 떠났다는 소식

연등

수수 만등
하늘에 걸고
유등流燈의 강도 길다

여전히
외곽의 밤은
물러서지 않은 채 버티고
산날망에
별빛도 멀다

세상은 때가 있고
계단이 있어
해가 솟기 이전은
그 어둠의 땅이거니
황촉이 잇는 공이
못 미칠까 두렵다

황하를 넘어

서울에서 먼
낙향
늘 오는
한봄에
서른 고개 넘어
언덕배기
이름 없는 풀꽃들 봄 들어도
피지 못하고 있다
비가 오질 않는다

언제부터인가
우리의 시골엔
꽃바람이 불지 않는다

옛날
식민지 넘어 심어놓은
고려의 꽃씨들 피어 있어

구릿빛 총각 거친 수염 멀고
멀리 황하를 넘는다

꽃그늘 으늘으늘한 바람 소리 황하를 넘어
두메산 전화에 메아리친다

새 아침

몰래 온 밤비
어느새 개었는지
새날의 아침 새날의 산천
물에 비친 산 위에
금잉어 놀고
물 위에 낙화
물가지에 다시 피네

티 없는 자연의
자연을 배우는 행복이라니
푸른 나무 붉은 꽃 숲을 걷는
들고양이 어찌
만물의 영장만이 누리는
세상이랴!

다향 茶香

산창을 울리는
낙숫물 소리
어느 하늘의 자음慈音이신가

빗속에 우린 다향
오두막집 넘쳐나니
이웃의 솔바람이
손님으로 찾아들고

그리운 초의草衣 스님
환생하여
다시 오시네

봄날

파아란 하늘
금빛 청산
가는 바람이 나뭇잎을 스치고
깊은 숲에선 "뻐꾹 뻐꾹"
가버린 날의 추억을 그리는 뻐꾹새

어느 골짝에선가
"호 호기요"
"호르르르……호 호기요"
희망을 펴는 꾀꼬리

가난한 마을에도 꽃물이 들어
울가에 금낭화 피고
아카시아 향이 가슴 설레네

도시에서 돌아온
젊은 따님이

어머니 손잡고
나들이 간다

사랑 때문에

구름 가고 해가 가고 달이 가고
세월도 가지만
천년 고목 푸른 산이
여기 서 있네
그리운 임 보내고
못 오실 임 보내고
서러운 남은 이들
사랑 때문에
추억이나마 읽으라고
여기 서 있네

겁劫으로 쌓은 덕德으로 하여
천연天然의 절개로 하여
남은 이들 사랑 때문에
여기 서 있네

만만세

차 한잔을 마시며
안개 낀 먼 봄 산 너머
시상詩想처럼 잠긴 미래를 본다
현재는 비록 지난 에덴의
죄책이라지만

밝아오는 내일은
지순한 내 사랑 내 자유를
웃음으로 순종하는
아들딸같이 맞으리니

아픈 과거여 잘 가거라
즐거운 미래여
만만세

동반자 2

시와 노래는
가난한 이의 노잣돈
먼 길을 가는 말벗
바람같이 살랑이는 것
물같이 거스름이 없는 것

고달픔을 위로하는 지팡이
눈물을 씻어주는 손수건
분노를 모르는 어린이
천궁의 문을 여는 열쇠

그렇지만
종적이 묘연한
그리운 연인

수행 2장

1장

알지 못할 것을 알아
말하지 못할 것을 말하여
갈 곳 없는 곳을 향해 가는 것
이것이 수행

2장

보이는 세계
생명들이 남았으니
그들의
수고로움과
눈물과 헤맴의
길을 선도하신
성현들을 배우며
그들의 행行을
이어가는 것이다

고요로움을 찢음破寂

바람 없는 날은
산이 나를 바라본다
나무들이 나를 바라본다

태고의 침묵으로
영원의 침묵으로
나를 바라본다

가끔은
가까운 숲 속에
꾀꼬리가 휘파람 불며
가벼운 걸음으로
이 봄을 건너가고

그윽한 푸른 안개 속에서
뻐꾸기는
지난날의 회한을 되새기며

속죄라도 하는 걸까?

새 역사라도 쓰겠다는 건지
"뻐꾹 뻐꾹 뻑 뻑꾹"
조용한 봄날을 찢는다

우리

자세가 곧으면
그림자가 단정하다

마음이 깨끗하면
흰옷 입은 꿈을 꾸리라
앞가슴이 번쩍이기보다
숨은 등짝이 윤이 나야지

너와 내가 같이 가는
삼라만상 함께하는
이 세상을

저 흰 구름 넘어
맑은 한 빛 드넓은 하늘이
우리를 감싸며
돌보고 있다

달 없는 밤에도
수없는 별빛들이
우리를 비추고 있다

자연의 의지

밤낮의 지분持分이 같다는 것은
모든 것 모든 일이 평등하다는 뜻이다

가시나무보다 유순한 나무들이 거의 다라는 것은
평화가 근본이라는 뜻이다

흐린 날보다 갠 날이 많다는 것은
청명이 지배하고 있다는 뜻이다

모든 육체는 사라지고
그 뒤를 육체가 또 이어가는 것은
변화일 뿐 죽음이 아닌
영원이란 뜻이다

무지개다리

사랑의 숲을 헤쳐
얽힌 덩굴을 헤쳐
가시밭길 지나
무거운 발걸음
태산을 넘어
아롱다롱 무지개다리
건너렸더니

아아 그것도
물빛이 그려놓은
허상이었네

무엇 있어 구하고
무엇 없어 찾겠는가!

4부

나고야 성*에서

62만 섬의 곡식을 거둬들여
기름진 부를 누린 성주城主
그 옛날엔
100여 만의 백성들이
아픈 눈물을 바쳤으련만
받고 주는 인과는
저울대 같아

먼 미래의 오늘날엔
수수만 리 이국異國 사람들마저
돈을 바쳐
눈물의 후손들에게
되돌리는구나

* 일본의 명소.

갈대

분수를 모르면
운명은 강철 같고
세상은 넓어도
자기 갈 길은 좁다

바람 앞에 선
갈대를 보라
저것이 살아가는
순종의 철학이다

그 어지러움 속에서도
최선의 꽃을 피우거니
꽃이 꼭 고와야 하는가
그 담박한 마음이
가을 하늘을 우러러
고개 숙이고 있다

태평양

태평양
하늘과 물이 맞닿아
한 빛깔 오직 하나
둘 없는 이곳
허무
시간도 번민도 없는
허무 위에
굽었다 펴고
폈다 굽은
일렁이는 파도, 파도

이를 생멸 아닌
생멸이라 하는가
의미도 목적도 없는
춤이라 하는가

성인도 물리학자도

함께 말하는 사물의 모습
너울거리는 춤*

* 사바娑婆라 하는가. 사바세계라 하는가. 娑 춤 너풀거릴 사. 婆 춤 너풀
  거릴 바.

대나무

속이 비어 꽃을 몰라
저리 크게 자란 거다
비바람 문제가 되지 않아
계절을 넘어선
늘 푸르름의 청춘이다

옛날 어진 선비가
그를 못 잊어
맑은 이름雅號과 벼슬爵位을
바쳤으니
푸른 벼슬
녹경綠卿이
그의 아호요 작위다

그러나 그도 중도中道를 몰라
너무 높고 비대하여
죽염구이와 대통구이
불의 참형斬刑을 몰랐다

지워진 그림자

아름다운 날들이
노래같이 가버리고
사랑도 벗도 남지 않은
당신의 가슴에

무엇을 심어야 풍성하리까
무엇을 드려야 봄이 오리까

계절의 봄은
기다리지 않아도
정겹게 오나니

그때 그날의 풀밭에 앉아
새털 같은 푸른 구름을 보며
향 풀 뜯는 흰 양을 보며
살아 있는 오늘을
다시 생각하며
모든 은혜들을 되새긴다

번지

내 주소는 우주의 1번지
이 땅의 어느 번지?
이 번지에 서서
대를 이어
화초밭을 가꿨거나
황무지를 일궜거나

울며 웃으며
세월을 넘어
가을 거지 빈 벌판의
허허로운 적막

얼룩진 무늬로 남는
여백에 서서
빌린 곡식은 갚았는지?
울 밖에 나눈 곡식이
있기나 했는지?

그대는 이즈음에
향내 나고
조촐한
첫 1번지가
확실히 보이는가?

이 세상에 와서

이 세상에 와서
그대에게 꼭 전할 것은
진실 하나
사랑 하나

이를 그대가 모르면
내가
거짓이 되고
외로우니까

이 세상을 하직하기 전에
오직 다 주고 갈 것은
진실 하나
사랑 하나

그대에게 진 은혜의 빚
만萬 짐의 빚이 너무 무거워

진실로 부려놓고
사랑으로 부려놓아
빈손으로 왔으니
빈손으로 가는 거다

위치

우리 세계의 어디서든
윗자리는 웃음이요
아랫자리는 슬픔이다

어부는 위에서 웃고
물고기는 아래가 사형처다

사람의
눈과 귀는 높은 방의 감상대지만
입은 낮은 자리의 노동이요 소멸처다

이러하여
모든 생명들은
위아래가
모진 싸움터다

위는 천당이요

아래가 지옥 아닌가

그러나
큰 자비는 아래서 섬기는 자니
열매는 땅에 묻혀 번성하고
넓은 들은 산 아래서 평탄하며
바다는 최후의 자리에서 너그럽다

입춘

새봄이 들어선다
그 봄이 다시 온다
대문을 열자
겹문을 열자

해마다 해마다
키 작은 냉이도 민들레도
다시 피는데
왜? 영장인 사람이
회춘回春을 한恨하는가

마음속 어둡고 젖은 내 자리를 비워
환한 봄볕에 이 자리를 말리자

천지에 공평한 봄이
왜 나만 피하겠는가

외려 봄의 자리에
내가 들어앉아
봄만 나무란다
영원한 봄에 내 자리를 내주자

세 가지 꽃

갈 길은 1리
살림 백 리
욕심 만 리

1리에는
백합을 든 천사가
미소로 인도하고

백百 리에는
찔레꽃 감춘
도적과 경찰이
길을 바꿔 순라를 돌고

만 리에는
흑장미 든 죽음의 사자가
어둔 밤으로 끌고 간다

커피

커피 너는
젊음과 노년을 삭혀
세월을 실어 나르는
거룻배
사랑과 수심을 담는 작은 그릇

품팔이꾼의 시름을 달래고
제왕의 역사를 쓰는 공간
그때와 이 시절
사람들과 모든 일들을 많이도 보내고

너는 여전히 젊어
숱한 이야기를 안고 따라와
오늘 하루를 또 시작하는구나

봄의 나눔 春分

광양 땅
따사로운 햇살에
봄을 나누는
하얀 매화의 희열

꽃들의 향에 취해
시름 묻은 나그네들의
오색찬란한 미소

섬진강
맑은 물 맑은 모래
여린 소녀
무도의 옷자락인 양
사랑이 흐르는
강물의 환희

강 언덕의 초원 위에

땅의 껍질을 깨는
새싹들의 출생
푸르름 구만리

이 모든 것이
신의 바람
신의 사랑

자운영

자운영 꽃
하얀 분홍 꽃잎이여 구름송이로 핀
자운영 풀꽃
푸른 산골 마을 논두렁에 피었네
소년 그때에도 그렇게 피었던 꽃
노년 오늘에도 그렇게 또 피었네

세상은 다 무상한데
그의 삶이 어떠했기에
그의 지조가 무엇이기에
세월 모르는 그날이 그날인가

열흘 지나 한 달 지나 바라봐도
내 눈이 무디고 마음 무디어
그를 읽을 수 없고
다가설 수 없나니

석양에 홀로 서서
오늘도
끝없이 바라보네

시절

날마다 달마다 해마다
세운 것 다스리고 바꾸고 채우고 평정하여
잡은 것 부서지고 위태로워 이룩했다
거두고 또 열고 닫는 시절의 순환

건建, 제除, 만滿, 평平, 정定, 집執, 파破, 위危, 성成, 수收,
개開, 폐閉,
이는 날日의 순환

하는 자며 사랑하며 항상 하는
영원한 새로운 극極은 나라 했는데
왜? 밖에서만 서성이는가!

추분

어데론가
떠나야만 하는 가을
나뭇잎이 붉고 누른 잎으로 나뉘어
너도 가고 나도 간다
산으로 하늘로

이것이 누구의 탓도 아니다
본래 온 것이 떠남이었으니까
삶이란 오고 감이었으니까

오늘 밤 들고
내일 아침이 오면
너와 내가 떠나온 자리엔
찬이슬 말없이 맺혔으리

산과 물

태산이 달리더냐
시냇물이 멈추더냐
산을 배워 산에 살고
물을 배워 내가 간다

산인 듯 진중하고
물인 듯 슬기로워
높은 데선 내려서고
낮은 데선 머물다가
채워지면 일어서서
가고 가고 다시 가서
망망대해 다다르니

햇볕에 승천하니
내가 하늘이요
구름 타고 내려서니
한 맛味 한 물이라

내가 너요 네가 내로구나
영원에서 영원까지

세계의 비자 visa

화엄경을 읽는 날은
깊은 산 숨은 꽃이 오직
보는 것만으로도
믿는 것만으로도
칭찬이 태산인 듯 높다

살아온 날이
늘 부끄러울 뿐인데
병약과 보배마저
옷섶에 달아주며
성인의 발걸음을
잃지 말란 훈계

꽃 경을 읽는 날에 은근함보다
자세 바로 세워
성인을 뒤따른다

독존獨存·獨尊

피차彼此의 숲을 헤쳐
곧은길을 가다가

가로놓인 성색聲色의
고개를 넘으면
한량없는 빈 들
여기는 길도 끊기고
말도 끊긴 성현도 없는
독존獨存과 독존獨尊

낮은 소리

가을 잎 낮은 소리 낮은 자리에
황국이 핀다
영화와 조락의 한자리에
흰나비는 향을 찾고
꿀벌은 식량을 더듬는다

해 질 무렵
끊일 듯 이어질 듯
산사의 풍경 소리
사바 천겁의
수심을 만지는데

깊은 골짝 홀연한 바람이
영 넘어 사바로 넘어간다
거기에는 또
무슨 일들이 펼쳐지는지?
날도 마음도 잠기는 걸

이를 무명無明*이라 해야 되나

* 불교에서 깨달음의 이탈을 말함.

이류異類

눈 나리는 깊은 밤
가끔 바람이 달려
새 꿈을 흔드는 소리

조, 율, 이, 시
조촐한 제사상 저편
뒤 세대의 시간을 접은
어버이 빈자리

이승에 엎드린
자손의 무릎이 시리다

지난여름 하루살이가
맑은 석양을 휘젓고
늦가을 쓰르라미가
긴 밤을 지새더니

오던 날이 아득하고
가버린 날이 아득하다

성경을 읽고
불경을 펼친다

* 그가 생명나무 과실을 따 먹고 영원히 살까 함이라.
* 그 마음이 음란하지 않으면 죽지 않나니(능엄경) ー其心不淫不死.
* 창세기 3 : 23.
* 불경, 능엄경.

해 저문 날에

가을비 오동잎 질 때
어리석고 어리석은 칙칙한 밤이여*
지난여름 푸르른 날에
풀잎 끝 맺힌 이슬
떨구는 눈물들 숱하게 봐오더니

가을도 멀어진 날
나 홀로 앉아
서천西天 붉은 노을 저쪽
어느 곳으로 넘으려 하나
보랏빛 후광을 이으려
하염없이 바라본다

* 추우오동엽락시秋雨梧桐葉落時, 야치치夜痴痴, 작자미상作者未詳의 고시
古詩.

짧은 기도

내 눈물 고이는 일
있으면
잘못 살아온 후회라고
받아주소서

내 웃는 일
있으면
님을 만난 기쁨이라
알아주소서

내 삶의 어느 지점
어둠 앞에 서서 망설일 때
등불로 비추시고
소리쳐 주소서

내 곧 그 길로 나아가리다

저 깊은 인생철학의 관조

이상용 **시조시인·명예문학박사**

예년에 볼 수 없었던 무더운 여름 어느 날 느닷없이 서울 역에서 좀 만났으면 하는 사백詞伯의 전화를 받고 급히 나갔더니 원고 뭉치를 내어놓고 시집 말미에 넣을 해설을 부탁한다는 말이었다. 시생詩生 같은 후학後學이 어찌 못난 글을 덧붙일 수 있을까 하고 사양도 했으나 먼 길 달려온 사백의 마음을 잘 아는지라 마다하지 못하고 받아왔다. 어디서부터 어떻게 시작해야 할지가 막막하였으나 우선 시집을 상재할 원고를 살펴보기로 했다.

먼저 머리에 떠오르는 것이 사백은 시인이기 전에 대한학자大漢學者요, 거기다가 불교 교리에 심오한 학문의 소유자라는 것이다. 그 넓은 학식을 바탕으로 쓴 시작詩作이라 시의 내면세계를 터득하기엔 내 이 모자라는 눈으로는 가늠하기가 그리 쉽지 않았음을 밝혀둔다.

　　　마주 바라보는 울가 한 귀퉁이
　　　작은 앵두나무에
　　　그녀의 수줍음인 듯
　　　앵두가 익어가던 날
　　　낮때의 푸른 연기
　　　그리움으로 피어오르고

　　　행여 바라보는
　　　우물길 밭둑에서
　　　살긋이 안겨드는 초향草香

　　　기다려도 기다려도
　　　산그늘만 내려
　　　찬 이슬 젖어든
　　　황혼의 빈 터

　　　봄은 가고
　　　앵두나무 빈 가지에

파랑새 한 마리 날아와
엷어진 하늘빛
쪼고 간다
—「봄은 가고」 전문

　전체적으로 볼 때 상상想이 구체화되어 있으며 특히 마지막 수, "봄은 가고 / 앵두나무 빈 가지에 / 파랑새 한 마리 날아와 / 엷어진 하늘빛 / 쪼고 간다"에는 시와 그림과 음악이 다 담겨 있어 너무 예쁜 맵시가 흐른다.

계림성이 높아
부소산이 낮았는가
백화정百花亭에 봄꽃이 지고
낙화落花 삼천三千의 눈물
백마강이 흐른다

고운 봄 청사靑史에 묻어
오늘의 길손이
백제를 그린다
—「낙화암」 부분

　망국亡國의 아픔을 이렇게 짧은 시 안에 담을 수 있다는
것은 시인의 마음속에 깊이 간직되어 있는 시어의 선택을 그
지없이 곱게 다듬고 있다는 것을 보여주고 있다.

　　서리 뒤 국화꽃은 근엄하여
　　나비 아니 오고
　　봄 난蘭 청초하여
　　벌이 피해 가네

　　네 생애의 운명을 알려거든
　　바람 부는 날의 낙엽을 보라
　　네 돌아갈 곳 모르거든
　　낙엽이 지는 곳을 보라
　　그 선한 죽음은 제 자리를 물려주는
　　큰 덕이 아닐는지
　　　―「상강霜降 이후」 전문

　이 시는 꼭 이 사백李詞伯 자신을 보여주는 듯도 하며 우리
들에게 주는 교훈 같기도, 아니면 꾸짖음 같기도 하다.

　　초록 잎에 바람이 오면

세월이 오고 또 세월이 간다

이름 없는 새 청순의 가지에서
뜻 모를 울음을 울고
아쉬운 여운을 안은 봄물이
술렁이며 간다
초록 잎에 바람이 오면
부드러운 나뭇가지가
지선至善의 성구聖句를 떨림으로 쓴다
지난 시절은 추위였다고
눈만이 가득한 밤에 별 하나 보이듯
오직 희망은 푸르름이라고
―「성구聖句」 전문

종교적 신앙으로 귀일歸―하는 시심詩心을 엿볼 수 있게
한다.

꽃이 진다,
그의 잔향에
온 산은
아직도 취했는데

지는 아쉬움 그리며
묏새가 울고 가네

푸른 옷 걸친
얇은 바람이
흰 구름 흩으며
봄을 싣고 가는 사이

나무들은 가슴 깊은 곳에
동그라미 연륜을 새기고
주름진 그윽한 골짝엔
두런두런 세월을 삭이며
조약돌도 매끄러워지네
―「연륜」 전문

　계절의 흐름을 인생에 접목하여 자연에 순응하려는 자신의 몸가짐을 이렇게 표현한다는 것은 어쩌면 종교에 귀의하는 수도자의 발걸음같이 느껴지게 한다.

　햇빛은
온 누리를 덮고도

사랑이란 말을

하지 않았다

대지는

우리와 모두를 껴안고도

부담이란 말을

하지 않았다

　―「양안兩岸」 부분

　아주 가까운 곳에서 우리가 느끼지 못한 우주 만물의 순정을 찾아내어 온정과 덕을 노래하고 있다. 이 말은 곧 사백의 연륜과 자연에 대한 관조를 보여주고 있다고 하겠다.

어느 정녀貞女의 하얀 마음

바위로 굳어

굳건히 절벽으로 섰다

겹겹 세월 아지랑이 근심 같은 닳은 날의 그리움이

절벽 사이사이 단풍으로 피어

나래의 꿈 펄럭이는데

무한의 겁劫으로 이어지는

하늘의 수심水深

메아리는 돌아올 약속도 없이

156

수심 따라 깊어가는
맑은 기도
―「맑은 기도」 부분

　사백의 유가적儒家的인 시정신을 엿볼 수 있기에 안정감을
주는 동시에 격조를 높이고 있으며 따라서 진지한 삶에서 체
득한 발로發露이다.

더는 나아갈 수 없어
산은 섰고
여기 쉴 곳 없어 강이 흐른다

뜻 없이 모인 구름
뜻 없이 스러지고

오늘도 다녀가는
일몰의 황혼
한 해 저문 날의
낙엽이 쌓인다
―「세모」 부분

시인의 심지心志, 심혼心魂을 아로새겨 서정화한 것을 쉽
게 느낄 수 있게 한다.

　　바람 앞에 선
　　갈대를 보라
　　저것이 살아가는
　　순종의 철학이다

　　그 어지러움 속에서도
　　최선의 꽃을 피우거니
　　꽃이 꼭 고와야 하는가
　　그 담박한 마음이
　　가을 하늘을 우러러
　　고개 숙이고 있다
　　ー「갈대」 부분

시인의 수사修辭는 언제나 조용하고 고운 빛깔을 띠지 않
으면서도 자기 할 말을 다 하고 있다. 여기 「갈대」의 노래가
그것을 그대로 보여주고 있으니 무슨 더 할 말이 있겠는가?
　말만 있고 뜻이 없는 시가 아니라 말은 짧고 뜻은 긴 언단
의장言短意長의 시를 쓰고 있다. 아무튼 사백의 시는 사실과

현상을 그대로 나타내는 것이 아니라 어떤 사상事象에다 내 생각을 깊이 있게 보태어 새로운 것을 만들어내는 창작 행위를 크게 드러내고 있다.

어쨌거나 사백은 진지한 삶에서 얻은 고뇌의 과정을 그리기도 했으며, 자기만의 철학을 쌓아서 얻은 학문을 불교의 자비심으로 연결하여 노래한 시어로 진솔하고 격조 높은 언어 구성을 이루었다. 따라서 세태의 흐름에 편승하거나 누구의 입맛에 맞게 끌려가지도 않고 오로지 도도한 강물처럼 흐를 뿐, 오늘을 살아가는 지조 있는 선비임을 다시 한 번 보여주고 있다.

끝으로 사백의 익수益壽를 빌며 산강해녕山康海寧하심을 축천祝天하면서…….